COMMENTAIRE

des lois des

9 juillet 1902 et 16 novembre 1903

SUR LES

ACTIONS DE PRIORITÉ

PAR

JACQUES VAVASSEUR

Docteur en droit, Avocat à la Cour d'Appel de Paris

Rédacteur en chef de la *Revue des Sociétés*.

Prix : 1 fr. 50

PARIS (Ier)

MARCHAL ET BILLARD

IMPRIMEURS-ÉDITEURS, LIBRAIRES DE LA COUR DE CASSATION

PLACE DAUPHINE, 27

1904

COMMENTAIRE

des lois des

9 juillet 1902 et 16 novembre 1903

SUR LES

ACTIONS DE PRIORITÉ

PAR

JACQUES VAVASSEUR

Docteur en droit, Avocat à la Cour d'Appel de Paris
Rédacteur en chef de la *Revue des Sociétés*

Prix : 1 fr. 50

PARIS (Ier)

MARCHAL ET BILLARD

IMPRIMEURS-ÉDITEURS, LIBRAIRES DE LA COUR DE CASSATION
PLACE DAUPHINE, 27

1904

COMMENTAIRE

des lois du 9 juillet 1902

et

du 16 novembre 1903

SUR LES ACTIONS DE PRIORITÉ

TEXTES

1º Loi du 9 juillet 1902.

Art. 1ᵉʳ. L'article 34 du Code de commerce est ainsi complété :

« Le capital social de la société anonyme se divise en actions et même en coupons d'actions d'une valeur nominale égale.

« Sauf les dispositions contraires des statuts, la société peut créer des actions de priorité, investies du droit de participer avant les autres actions à la répartition des bénéfices ou au partage de l'actif social.

« Sauf dispositions contraires des statuts, les actions de priorité et les autres actions ont, dans les assemblées, un droit de vote égal.

« Dans le cas où la décision de l'assemblée générale comporterait une modification dans les droits respectifs des actions des différentes catégories, il faut, en dehors de l'assemblée générale, convoquer une assemblée spéciale des actionnaires dont les droits ont été modifiés. Cette assemblée spéciale doit délibérer, eu égard au capital représenté par les actions dont il s'agit dans les conditions de l'article 31 de la loi du 24 juillet 1867 en tant que les statuts ne contiendraient pas d'autres prescriptions. »

2. Le paragraphe 3 de l'article 3 de la loi du 24 juillet 1867 modifié par la loi du 1ᵉʳ août 1893 est ainsi complété :

« Ces prescriptions et ces prohibitions ne sont pas applicables au cas de fusion de sociétés anonymes ayant plus de deux ans d'existence, soit par absorption de ces sociétés par l'une d'entre elles, soit par la création d'une société anonyme nouvelle englobant les sociétés préexistantes. »

2° Loi du 16 novembre 1903.

Art. 1er. Les articles 1er et 2 de la loi du 9 juillet 1902 sont modifiés ainsi qu'il suit :

« *Art*. 1er. L'article 34 du Code de commerce est ainsi complété :

« Le capital social des sociétés par actions se divise en actions et même en coupons d'actions d'une valeur nominale égale.

« Toute société par actions peut, par délibération de l'assemblée générale constituée dans les conditions prévues par l'article 31 de la loi du 24 juillet 1867, créer des actions de priorité, jouissant de certains avantages sur les autres actions, ou conférant des droits d'antériorité, soit sur les bénéfices, soit sur l'actif social, soit sur les deux, si les statuts n'interdisent point, par une prohibition directe et expresse, la création d'actions de cette nature.

« Sauf dispositions contraires des statuts, les actions de priorité et les autres actions ont, dans les assemblées, un droit de vote égal.

« Dans le cas où une décision de l'assemblée générale comporterait une modification dans les droits attachés à une catégorie d'actions, cette décision ne sera définitive, qu'après avoir été ratifiée par une assemblée spéciale des actionnaires de la catégorie visée.

« Cette assemblée spéciale, pour délibérer valablement, doit réunir au moins la moitié du capital représenté par les actions dont il s'agit, à moins que les statuts ne prescrivent un minimum plus élevé ».

« *Art*. 2. Le paragraphe 3 de l'article 3 de la loi du 24 juillet 1867, modifié par la loi du 1er août 1893, est ainsi complété :

« En cas de fusion de Sociétés par voie d'absorption ou de création d'une société nouvelle, englobant une ou plusieurs sociétés préexistantes, l'interdiction de détacher les actions de la souche et de les négocier ne s'applique pas aux actions d'apport attribuées à une société par actions, ayant, lors de la fusion, plus de deux ans d'existence ».

La présente loi est applicable aux sociétés fondées antérieurement ou postérieurement à la présente loi.

Les actions de priorité et les lois du 9 juillet 1902 et du 16 novembre 1903.

La loi du 16 novembre 1903, venant modifier les dispositions de la loi récente du 9 juillet 1902, relative aux actions de priorité, il nous paraît nécessaire, avant de faire le commentaire de la loi nouvelle et de ses dispositions modificatives, de rappeler succinctement les dispositions et l'objet de la loi ancienne et modifiée du 9 juillet 1902 (1).

Nous diviserons donc notre étude en trois paragraphes : le premier rappelant la législation antérieure à la loi du 9 juillet 1902, le second résumant l'économie générale de la loi du 9 juillet 1902, et le troisième consacré au commentaire proprement dit des articles de la loi du 16 novembre 1903.

*
* *

§ 1. — *Les actions de priorité et la législation antérieure à la loi du 9 juillet 1902.*

Les actions de priorité se distinguent des actions ordinaires en ce qu'elles donnent à leurs titulaires un droit de préférence soit dans la répartition des bénéfices, soit dans la distribution de l'actif social lors de la liquidation.

Elles tiennent le milieu entre l'action et l'obligation et présentent ainsi des avantages les plus sérieux, qui les ont fait adopter d'une façon courante dans les législations étrangères, notamment en Belgique, en Allemagne, en Autriche, en Italie, en Angleterre.

Le promoteur de la loi du 9 juillet 1902, l'honorable M. Millerand, précisait ainsi les avantages dans son exposé des motifs de sa proposition de loi : « Grâce à leur emploi une société sérieuse qui a besoin de ressources nouvelles, peut se les procurer sans s'asservir à

---

(1) V. le texte de ces lois, *Revue des Sociétés*, 1902, p. 403 et 1904, p. 27.

la charge d'un intérêt fixe dont les échéances inexorables menace-
raient de compromettre à ses débuts le développement social : au
lieu en effet de recourir à la création d'obligations, elle créera des
actions de priorité, dont les porteurs seront investis d'un droit de préférence sur les autres actionnaires. Les actions de priorité peuvent en
outre être réservées, selon une coutume fréquente en Angleterre et en
Belgique, aux souscripteurs en numéraire, les apports en nature
étant représentés par les actions ordinaires. Les actions de priorité
offrent enfin sur les obligations le double avantage que leurs porteurs
ne sont pas exclus de l'administration sociale et qu'ils sont admis à
participer aux bénéfices éventuels. »

Malgré ces avantages, les actions de priorité étaient peu répandues
en France, alors qu'elles étaient d'un usage courant dans beaucoup
de pays étrangers : la raison de cette différence ne pouvait s'expli-
quer que par ce fait que, tandis que la plupart des législations étrangères consacraient la légalité des actions de priorité, la législation
française était muette, et il était résulté de ce silence du législateur
une certaine incertitude sur la légalité de ces actions.

On faisait en effet à la création d'actions de priorité une objection
tirée de l'article 34 du Code de commerce, d'après lequel « le capital
des sociétés anonymes se divise en actions ou coupons d'actions d'une
valeur égale. »

On avait, il est vrai, répondu à cette objection que cette règle de
l'égalité des actions n'était pas d'ordre public, et que l'article 34 du
Code de commerce n'était pas conçu en termes prohibitifs : la seule
sanction qu'il comportait était, sous l'empire du Code de commerce,
le refus de l'autorisation ; aujourd'hui et depuis la loi du 24 juillet 1867
le régime des sociétés anonymes étant libre, l'article 34 du Code de
commerce était dépourvu de sanction et énonçait un usage plutôt
avantageux à suivre pour les sociétés qu'une obligation.

Lors de la discussion de la loi du 24 juillet 1867, M. Rouher
reconnut que l'article 34 n'était pas d'ordre public (séance du 9 juin 1867)
et la plupart des auteurs qui ont écrit sur ces matières ont suivi cette
doctrine (1).

Bien que la Cour de cassation ne paraît pas avoir été appelée à se
prononcer sur cette question, les décisions judiciaires, qui étaient in-

______

(1) Pont, des *Sociétés*, nº 1585 ; — Lyon-Caen et Renault, t. II, nº 558 ; — Va-
vasseur, *Traité des Sociétés*, 5ᵉ édition, nº 530.

tervenues, s'étaient prononcées pour la validité des actions de priorité (1).

Nous indiquons dans le sens de la validité des actions de priorité l'arrêt de la Cour de Paris du 19 avril 1875, bien qu'il ait annulé la création de ces actions par une société, non d'ailleurs en vertu de l'article 34 du Code de commerce, mais en vertu des statuts sociaux, les dites actions ayant été créées en augmentation du capital social, sans que les statuts sociaux eussent autorisé une dérogation aussi importante au pacte social. Mais M. l'avocat général Hémar, qui s'était prononcé également pour l'annulation, reconnaissait lui-même que si les statuts avaient autorisé la création d'actions privilégiées, aucune nullité n'aurait été encourue, et voici en quels termes il s'expliquait sur l'article 34 du Code de commerce : « Il signifie simplement que la division la plus naturelle de tout capital social est la division en actions égales, mais que l'article est dépourvu de sanction légale; et comme il n'édicte pas de disposition d'ordre public, je n'hésite pas à déclarer qu'il peut y être dérogé par la convention »; il faisait remarquer en outre que cet article 34 n'offrirait pas un obstacle insurmontable à la création d'actions de priorité, car il ne prescrivait que l'égalité en chiffres, en sommes et non une égalité absolue dans la répartition des bénéfices.

Dans l'espèce jugée par la Cour de Paris en 1884, les bénéfices sociaux devaient, après la création d'un fonds de roulement, être exclusivement appliqués à servir aux actions privilégiées un intérêt annuel de 5 0/0 et ensuite à rembourser le capital de ces actions : ce résultat obtenu, le capital devait entièrement appartenir aux actions ordinaires; si l'amortissement des actions privilégiées n'était pas complet lors de la dissolution, il devait être pourvu au remboursement intégral de ces actions en capital et intérêts par un prélèvement sur les produits de la liquidation, avant toute attribution aux actions ordinaires. Telle était la combinaison de ces actions de priorité qui a été validée par la Cour de Paris en 1884.

On voit que si les décisions judiciaires n'étaient pas nombreuses sur

---

(1) Paris, 10 janvier 1867, *Dalloz*, 1869, 2, 239 ; — Paris, 19 avril 1875, et conclusions de M. l'avocat général Hémar, *Dalloz*, 1875, 2, 161 ; — Paris, 28 mai 1884, *Revue des Sociétés*, 1884, p. 562, *Dalloz*, 1886, 2, 177 ; — Comp· C. de Cassation, Florence, 1er février 1884 (*Revue des Sociétés*, 1884, p. 383);— C. de Cassation, Florence, 10 décembre 1885 (*ibid.*, 1886, p. 283); — Lyon, 4 mars 1891 (*ibid.*, 1891, p. 544).

cette question, celles qui étaient intervenues s'étaient prononcées d'une façon formelle pour la validité des actions de priorité.

Cependant la Cour de Cassation n'ayant pas eu à intervenir, la question pouvait se discuter, et c'est sans doute l'incertitude résultant de cette situation qui avait été cause du peu de développement de ces actions en France.

*
* *

§ 2. — *La loi du 9 juillet* 1902.

C'est pour remédier à cet état de choses que l'honorable M. Millerand déposait, en 1899, à la Chambre des députés sa proposition de loi, qui est devenue la loi du 9 juillet 1902, et afin de consacrer par un texte législatif la légalité des actions de priorité.

Il est à noter tout d'abord que la loi du 9 juillet 1902 porte, dans son article premier, que la société peut créer des actions de priorité « sauf les dispositions contraires des statuts ».

Il résulte de cette réserve : 1° que tout d'abord une société peut, par ses statuts, s'interdire de créer des actions de priorité ; en pareil cas, et tant que les statuts n'auront pas été valablement modifiés sur ce point, la création d'actions de priorité sera impossible ; 2° que si les statuts sont muets la société pourra, même en l'absence d'une clause de statuts l'y autorisant, créer des actions de priorité.

C'est une différence importante avec ce qui était admis sous l'empire de la législation antérieure.

Dans le cas en effet où une société aurait voulu, avant la loi de 1902, créer des actions de priorité, par voie par exemple d'augmentation de capital, si les statuts étaient muets, la société n'aurait pu le faire qu'avec l'assentiment unanime de tous les actionnaires ; on considérait en effet qu'au cours de la société, la création d'actions de priorité était de nature à porter atteinte à l'égalité de droits des actionnaires, tels qu'ils leur sont garantis par le pacte social ; par conséquent la création de ces actions était généralement considérée comme une modification aux statuts, qui n'était possible qu'avec l'assentiment unanime des actionnaires.

Or, sous l'empire de la loi du 9 juillet 1902, bien que les statuts ne prévoient pas la création d'actions de priorité, l'assemblée générale extraordinaire peut décider cette création en délibérant dans les conditions prévues par l'article 31 de la loi du 24 juillet 1867.

Cette disposition très importante peut prêter à quelques critiques ; il pourra en effet y avoir une surprise pour les porteurs d'actions ordinaires, qui se verront primés par les porteurs d'actions privilégiées ; aussi la loi allemande (art. 185 du nouveau code de commerce) autorise bien aussi la création d'actions privilégiées, mais seulement lorsqu'elle a été autorisée par les statuts.

On peut d'ailleurs répondre à cette critique que lorsque la société aura recours à la création d'actions privilégiées, c'est qu'elle aura besoin de capitaux et qu'elle pourrait à ce moment recourir à un emprunt par voie d'émission d'obligations ; or ce moyen n'aurait rien de plus favorable aux porteurs d'actions ordinaires que la création d'actions de priorité ; dans un moment critique, il est plus avantageux pour la société d'avoir le choix entre plusieurs moyens de se procurer des capitaux que de n'en avoir qu'un seul à sa disposition.

L'article premier de la loi du 9 juillet 1902, soulevait une autre question : celle de savoir si cet article était applicable aux sociétés déjà existantes : le texte ne distinguait pas entre les sociétés existantes et les sociétés qui se créeraient après la promulgation de la loi : ne pouvait-on craindre qu'en appliquant la loi de 1902 aux sociétés déjà existantes, on lui fasse produire un effet rétroactif ?

La question était assez délicate : si l'on se reportait aux travaux préparatoires de la loi du 9 juillet 1902, l'on voyait que l'honorable rapporteur au Sénat, M. Girard, s'était formellement prononcé dans le sens de l'application de la loi de 1902 aux sociétés déjà existantes parce que, disait le rapporteur, « elle doit être considérée comme introduisant non un droit nouveau, mais comme ayant un caractère interprétatif dont elle produit les effets ».

Malgré l'autorité, qui s'attachait au rapport de l'honorable sénateur, il nous paraissait que la loi de 1902 créait bien un droit nouveau et n'était pas une simple disposition interprétative, en ce qu'elle permettait dans le silence des statuts, à une assemblée générale extraordinaire, délibérant dans les conditions de l'article 31 de la loi du 24 juillet 1867 de décider la création d'actions de priorité.

Nous allons voir d'ailleurs que c'est la controverse qui s'est justement élevée sur l'application de la loi de 1902 aux sociétés déjà existantes, qui a été la cause du vote de la nouvelle loi interprétative du 16 novembre 1903.

Le même article premier de la loi de 1902 ajoutait que les actions de priorité et les autres actions avaient, sauf dispositions contraires des statuts, un droit de vote égal dans les assemblées.

Enfin le dernier paragraphe de l'article premier prévoyait le cas où dans une société, ayant des actions de catégories diverses, une modification voudrait être apportée dans les droits respectifs des actions de différentes catégories.

S'inspirant de la loi allemande (art. 215 du code de commerce allemand) et sur l'initiative de la Chambre de commerce de Paris, le législateur de 1902 avait ainsi résolu cette situation; dans le cas où la décision de l'assemblée générale comporterait une modification dans les droits respectifs des actions des différentes catégories, il faut, en dehors de l'assemblée générale, convoquer une assemblée spéciale des actionnaires dont les droits ont été modifiés. Cette assemblée spéciale doit délibérer, eu égard au capital représenté par les actions dont il s'agit, dans les conditions de l'article 31 de la loi du 24 juillet 1867.

*
* *

L'article second de la loi du 9 juillet 1902 prévoyait un cas spécial relatif à la fusion de société et avait pour objet de tempérer la rigeur de l'interdiction de la négociation des actions d'apport, édictée par la loi du 1er août 1893, sur l'initiative de M. le sénateur Poirrier.

Cette disposition de la loi du 1er août 1893, qui interdit dans un délai de deux ans à dater de la constitution de la société, la négociation des actions d'apport, avait soulevé diverses critiques (notamment lors de la réunion du Congrès des Sociétés par actions en 1900, qui avait demandé son abrogation), et ces critiques étaient dans une certaine mesure justifiées en cas de fusion de sociétés déjà existantes.

Le législateur de 1893 avait voulu parer au danger des majorations d'apports : les fondateurs de sociétés pouvaient, grâce à des cours fictifs, se débarrasser au détriment du public des paquets d'actions d'apports qu'ils avaient reçus; pour éviter ces inconvénients et ces spéculations, la loi de 1893 a voulu que les propriétaires d'actions d'apport restassent pendant deux ans attachés au sort de la société.

Les auteurs de la loi de 1902 ont pensé que cet inconvénient ne se présentait pas en cas de fusion de sociétés; en pareil cas, on se trouve en présence de sociétés ayant déjà fait leurs preuves; il a paru

exorbitant de déclarer applicable dans cette hypothèse la prohibition
de négocier des actions d'apport, lorsque les sociétés qui fusionnent
ont déjà plus de deux années d'existence.

L'interdiction de négocier les actions d'apport restera seulement
applicable lorsque les sociétés qui fusionneront auront moins de deux
années d'existence.

*
* *

§ 3. — *La loi du 16 novembre* 1903.

Nous avons dit tout à l'heure qu'une très grave controverse s'était
élevée sur l'application de la loi de 1902, en ce qui concerne la création d'actions de priorité, aux sociétés déjà existantes.

La question était d'un trop grand intérêt pratique pour ne pas
tarder à se poser et elle se posa en effet devant le tribunal de commerce de la Seine, à la suite d'une délibération prise par une assemblée générale d'une importante société de navigation maritime, qui
avait décidé la création d'actions de priorité sans avoir obtenu l'assentiment de l'unanimité des actionnaires : un actionnaire dissident de-
manda la nullité de la délibération, comme portant atteinte à ses
droits, et il obtint du tribunal de commerce de la Seine un jugement
en date du 8 décembre 1902 (1), qui prononça cette nullité.

Il serait absolument inutile d'entrer dans les détails de cette controverse juridique, qui n'a plus aucun intérêt, depuis que la loi du
16 novembre 1903 a décidé d'une façon formelle, ainsi que nous
allons le voir, que les sociétés antérieures à la loi de 1902 pouvaient,
elles aussi, créer des actions privilégiées.

Nous nous contenterons de rappeler que le tribunal de commerce,
laissant de côté l'avis exprimé par le rapporteur au Sénat, M. Girard,
s'était prononcé pour l'effet non-rétroactif de la loi de 1902, estimant,
avec raison pensons-nous, que la loi de 1902 n'était pas une simple
loi interprétative, mais qu'elle avait créé un droit nouveau, en autorisant, malgré le silence des statuts, l'assemblée générale, délibérant
avec la majorité prévue à l'article 31 de la loi du 24 juillet 1867, par
conséquent sans exiger l'unanimité, à voter la création d'actions en
priorité.

Il faut reconnaître, en tout cas, que cette interprétation strictement
juridique de la loi du 9 juillet 1902 allait singulièrement res-
treindre la portée et le champ d'application de la loi nouvelle.

____

(1) V. le texte de ce jugement dans la *Revue des Sociétés*, 1903, p. 181.

C'est en raison de cette décision du tribunal de Commerce de la Seine, que MM. Théodore Girard, Poirrier et Prevet déposèrent au Sénat, le 22 janvier 1903, la proposition de loi, qui est devenue la loi du 16 novembre 1903, après le vote d'un amendement dont nous parlerons tout à l'heure : l'objet essentiel de cette proposition de loi était de remédier à la situation créée par l'interprétation restrictive, adoptée par le Tribunal de commerce de la Seine, et de permettre aux sociétés, déjà existantes au moment de la promulgation de la loi de 1902, de créer des actions de priorité, avec les facilités concédées par la loi nouvelle.

La proposition fut l'objet d'un rapport de M. Girard, déposé le 27 janvier 1903, adoptée en première lecture par le Sénat, le 12 février 1903, avec un amendement de M. Ratier, en seconde lecture le 10 mars 1903; transmise, à la Chambre, la proposition était l'objet d'un rapport de M. Cruppi, et était adoptée après déclaration d'urgence le 13 novembre 1903; la loi était promulguée le 16 novembre 1903.

De très courtes explications suffiront pour faire ressortir la portée des dispositions nouvellement votées par le Parlement.

La loi du 16 novembre 1903 comprend deux articles que nous allons examiner successivement :

*
* *

ARTICLE PREMIER

L'article premier modifie les articles 1 et 2 de la loi du 9 juillet 1902 : Quelles sont les modifications apportées par la loi nouvelle?

Nous trouvons que la loi du 16 novembre 1903 a apporté quatre modifications au texte de l'article 1er de la loi du 9 juillet 1902 :

Première modification. — La loi nouvelle étend aux sociétés en commandite par actions les dispositions relatives aux actions de priorité; par une assez singulière anomalie, le législateur de 1902, visant l'article 34 du Code de commerce, avait laissé figurer dans le texte nouveau les mots « société anonyme », de telle sorte que les dispositions de la loi nouvelle ne pouvaient s'appliquer qu'aux sociétés anonymes.

Il n'y avait aucune raison pour ne pas donner aux sociétés en commandite par actions les mêmes facilités, pour la création d'actions de priorité, qu'aux sociétés anonymes.

Désormais toutes les sociétés par actions seront régies par les mêmes règles, en ce qui concerne les actions de priorité; c'est ce qui résulte de la substitution aux mots « société anonyme », qui figuraient dans l'ancien article 1er de la loi du 9 juillet 1902 des mots « toute société par actions ».

Seconde modification. — L'article 1er de la loi du 9 juillet 1902 portait simplement que « sauf les dispositions contraires des statuts, la société peut créer des actions de priorité investies du droit, etc.... »

Ces mots « sauf dispositions contraires des statuts » pouvaient prêter à l'équivoque; le jugement du Tribunal de commerce de la Seine, dans l'affaire des messageries maritimes, avait précisément visé ces mots de la loi du 9 juillet 1902 : « sauf dispositions contraires des statuts », pour décider que la disposition des statuts portant que « chaque action confère un droit dans la propriété de l'actif social et dans les bénéfices de l'entreprise proportionnel au nombre des actions » interdisait la création d'actions de priorité; cette disposition des statuts se rencontre bien fréquemment, et la création d'actions privilégiées allait encore rencontrer là un obstacle.

Entendant favoriser le développement de ces actions, l'article nouveau de la loi du 16 novembre porte que désormais les sociétés pourront créer des actions de priorité, à moins que les statuts « n'interdisent par une prohibition directe et expresse la création d'actions de cette nature ».

Ainsi, une clause générale des statuts prescrivant la répartition des bénéfices et du fonds social proportionnellement aux actions ne serait pas un obstacle à la création d'actions de priorité; il faut, pour que cette création soit impossible, que les statuts contiennent une interdiction formelle et expresse; sinon, l'assemblée générale délibérant avec la majorité prévue à l'article 31 de la loi de 1867 aura le droit de décider la création d'actions privilégiées.

Il faut reconnaître que le nouvel article de la loi du 16 novembre 1903 a, sur l'ancien article correspondant de la loi du 9 juillet 1902, l'avantage de la clarté; le nouveau texte ne paraît pas se prêter à l'équivoque.

Désormais dans toutes les sociétés par actions (et nous verrons tout à l'heure que ceci est applicable aussi bien aux sociétés constituées avant les lois de 1902 et 1903 qu'aux sociétés nouvelles) les actionnaires doivent s'attendre à être primés par des actions privilégiées, s'il n'y a pas (ce qui est le cas le plus fréquent) de clause interdisant expressément les actions de priorité.

Cette disposition nouvelle et plus claire que l'ancienne est d'ailleurs conçue dans le même esprit, qui est de favoriser la création d'actions de priorité : nous avons indiqué que sur ce point la loi française différait de la loi allemande, qui, par un respect un peu excessif du droit des actionnaires, ne permet la création d'actions de priorité que si elle est autorisée par les statuts.

En effet, nous avons remarqué plus haut, en analysant la disposition correspondante de la loi de 1902, que les actionnaires primitifs subissent un préjudice aussi grave par suite de l'émission d'obligations que par suite de la création d'actions de priorité, et qu'il est utile et d'un intérêt général de faciliter aux sociétés, qui en ont besoin, les moyens de se procurer des capitaux.

Troisième modification. — Celle-ci est toute de forme. La loi du 9 juillet 1902 avait, nous l'avons rappelé tout à l'heure, prévu, dans son dernier paragraphe, le cas où, dans une société, ayant des actions •de catégories diverses, une modification viendrait à être apportée dans les droits respectifs des actions de diverses catégories ; le législateur avait résolu cette situation en s'inspirant de la loi allemande, mais les termes de cette disposition de la loi de 1902 n'étaient pas très clairement rédigés : c'est dans le but d'apporter un peu plus de clarté à ce texte légèrement confus que le législateur de 1903, sur l'initiative de MM. les sénateurs de Sal et Ratier, sans faire aucune innovation, a simplement amélioré la rédaction ancienne : « Dans le cas, dit le nouvel article de la loi de 1903, où une décision de l'assemblée générale comporterait une modification dans les droits attachés à une catégorie d'actions, cette décision ne sera définitive qu'après avoir été ratifiée par une assemblée spéciale des actionnaires, de la catégorie visée ; cette assemblée spéciale, pour délibérer valablement, doit réunir la moitié au moins du capital représenté par les actions dont il s'agit, à moins que les statuts ne prescrivent un minimum plus élevé. »

Ainsi dans ce cas spécial, la modification, relative aux droits attachés à une catégorie d'actions, ne pourra avoir lieu qu'après la réunion de deux assemblées : d'abord l'assemblée générale de tous les actionnaires, ensuite une assemblée spéciale des actionnaires, dont les droits se trouvent modifiés.

Quatrième modification. — C'est également une modification de forme, destinée uniquement à apporter un peu plus de clarté à l'ancien article second de la loi du 9 juillet 1902 ; nous avons expliqué plus haut l'objet de cet article 2 relatif à la fusion des sociétés : la prohibition de négocier les actions d'apport, édictée par la loi du 1ᵉʳ août 1893, à la suite du vote de l'amendement de M. le sénateur Poirrier, est déclarée par l'article 2 de la loi du 9 juillet 1902 non applicable en cas de fusion de sociétés lorsque les sociétés qui fusionnent ont déjà plus de deux années d'existence.

Cette exception à la prohibition de la négociation des actions d'apport est maintenue, mais le texte de l'article 2 se trouve désormais rédigé de la façon suivante : « En cas de fusion de sociétés par voie d'absorption ou de création d'une société nouvelle, englobant une ou plusieurs sociétés préexistantes, l'interdiction de détacher les actions de la souche et de les négocier ne s'applique pas aux actions d'apport attribuées à une société par actions ayant, lors de la fusion, plus de deux ans d'existence. »

Bien que dans les travaux préparatoires de la loi de 1903, on ait toujours affirmé qu'il s'agissait purement et simplement d'une modification de forme, nous relevons cependant avec le texte ancien deux différences : d'abord tandis que l'ancien article 2 parlait des sociétés anonymes, le nouveau texte parle des sociétés par actions, de telle sorte que cet article 2, comme d'ailleurs la loi de 1903 tout entière, est applicable aussi bien aux sociétés en commandite par actions qu'aux sociétés anonymes.

En second lieu, l'ancien article 2 semblait mettre à la levée de l'interdiction de la négociation des actions d'apport, cette condition que les sociétés qui fusionnent aient, toutes, plus de deux ans d'existence : avec le nouveau texte, si l'une des sociétés qui fusionnent a plus de deux ans d'existence, les actions d'apport qui lui seront attribuées ne seront pas soumises à l'interdiction de la négociation ; il peut donc se faire qu'en cas de fusion, une partie des actions d'apport nouvellement créées soient négociables et l'autre partie frappée de l'interdiction de négocier.

La nouvelle rédaction a donc ce résultat de rendre plus fréquent la levée de l'interdiction de la négociation des actions d'apport en cas de fusion de sociétés, et elle nous paraît devoir être approuvée, car les raisons qui ont conduit le législateur de 1893 à frapper les actions d'apport d'impossibilité de négociation, ne se rencontrent pas dans le cas spécial de fusion de société visé par la loi nouvelle.

* *

ARTICLE SECOND

L'article second de la loi du 16 novembre 1903 comprend une modification très importante, à notre avis du moins, et sur laquelle nous nous sommes d'ailleurs déjà expliqués, à la loi du 9 juillet 1902.

Cet article deux dispose que « la présente loi est applicable aux sociétés fondées antérieurement ou postérieurement à la présente loi ».

C'est à la suite de la controverse soulevée sur l'effet rétroactif de la loi de 1902, par suite du procès de la Cie des Messageries maritimes devant le Tribunal de commerce de la Seine, que l'on a proposé au Sénat, pour mettre fin à cette controverse et à toute incertitude, de déclarer par un texte formel que la loi de 1902 devait avoir un effet rétroactif en s'appliquant aux sociétés déjà existantes.

Nous nous sommes expliqués sur cette controverse, qui désormais ne présente aucun intérêt pratique, puisque le législateur a pris le soin de la trancher en déclarant formellement et expressément que la faculté de créer des actions de priorité, dans les conditions déterminées par la loi nouvelle, s'appliquerait même aux sociétés antérieures à la dite loi.

FORMULES

1re Hypothèse : La société crée des actions de priorité, en représentation du capital en numéraire, par exemple. (Rien d'ailleurs n'empêcherait d'attribuer des actions de priorité en représentation des apports en nature, mais ce cas se présentera moins fréquemment sans doute).

« Les actions souscrites en représentation du capital en numéraire auront un droit de priorité tant sur les bénéfices que sur l'actif social, tel qu'il sera réglé par les articles ci-après. »

Dans les articles des statuts, relatifs à la répartition des bénéfices, le privilège des actions de priorité pourra être réglementé, à titre d'exemple, de la façon suivante :

Sur les bénéfices nets, il est prélevé :

1° 5 0/0 pour former un fonds de réserve ;

2° Somme suffisante pour servir un intérêt de 5 0/0 aux actions de priorité.

Sur le surplus des bénéfices, il sera réparti un intérêt de 5 0/0 aux actions ordinaires.

L'excédent des bénéfices, après ces divers prélèvements effectués, sera réparti de la façon suivante :

0/0 aux actions de toutes catégories ;

0/0 aux administrateurs par parts égales.

Dans les articles des statuts réglementant la liquidation, le privilège des actions de priorité, s'il est établi à la fois sur les bénéfices et sur l'actif social, pourra se formuler ainsi :

« En cas de liquidation le reliquat net, après paiement du passif, devra être employé à rembourser au pair d'abord les actions de priorité, puis les actions ordinaires : l'excédent disponible sera réparti entre toutes les actions des diverses catégories. »

2ᵉ Hypothèse : *Les actions de priorité sont créées au cours de l'existence sociale, par voie d'augmentation du capital.*

En ce cas la délibération, qui sera prise par l'assemblée générale, pourra être formulée ainsi :

« Les actions souscrites lors de l'augmentation du capital auront un droit de priorité tant sur les bénéfices que sur l'actif social, tel qu'il sera réglé par les articles ci-après. »

Reproduire les formules précédentes, relatives à la répartition des bénéfices et à la liquidation.

3ᵉ Hypothèse : *La société veut s'interdire la création d'actions de priorité.* Il est nécessaire, en cas qu'il existe une prohibition expresse dans les statuts — car si les statuts étaient muets, l'assemblée générale aurait le droit, en vertu de la loi du 16 novembre 1903 — de décider la création d'actions privilégiées.

« La société renonce d'une façon expresse et formelle au droit de créer des actions de priorité, entendant que toutes les actions aient un droit égal tant dans les répartitions des bénéfices que dans le partage du fonds social. »

TABLE DES MATIÈRES

Angers, imp. A. Burdin et Cⁱᵉ, 4, rue Garnier.